U0576241

衢州市文化艺术发展专项资金资助项目

我唯一拥有的

凡人 著

浙江工商大学出版社·杭州

图书在版编目（CIP）数据

我唯一拥有的 / 凡人著. -- 杭州：浙江工商大学
出版社，2025．6. -- ISBN 978-7-5178-6571-1

Ⅰ．I227

中国国家版本馆 CIP 数据核字第 2025M05U30 号

我唯一拥有的
WO WEIYI YONGYOU DE

凡人 著

出 品 人	郑英龙
策划编辑	沈　娴
责任编辑	沈　娴
封面设计	观止堂_未氓
责任校对	夏湘娣
责任印制	屈　皓
出版发行	浙江工商大学出版社
	（杭州市教工路 198 号　邮政编码 310012）
	（E-mail：zjgsupress@163.com）
	（网址：http://www.zjgsupress.com）
	电话：0571-88904980，88831806（传真）
排　　版	杭州朝曦图文设计有限公司
印　　刷	浙江海虹彩色印务有限公司
开　　本	880mm×1230mm　1/32
印　　张	7
字　　数	162 千
版 印 次	2025 年 6 月第 1 版　2025 年 6 月第 1 次印刷
书　　号	ISBN 978-7-5178-6571-1
定　　价	58.00 元

版权所有　侵权必究

如发现印装质量问题，影响阅读，请和营销发行中心联系调换
联系电话　0571-88904970

序／不必关心月亮

凡人长得一脸佛相，印象中，他始终面带微笑，无论说话还是不说话，他都是微笑着，给人一种阅尽沧桑而又超出沧桑之感，并且因为了解人世间的艰难而不抱怨、不追悔，甚至抱以宽怀的理解和坦然的态度。人生在世，能有如此通透明晰并释然的生命感受，实在已经很不多见了。这些感受显示在诗歌里，自然就别有一种风采和境界，他的这种写作和叙述使我想起法国诗人雅姆。在一般论述中，对雅姆的评价是"一个凭借质朴的天性和近乎绝种的虔诚写诗的人，他的诗堪称二十世纪最清澈的声音"。我不能说凡人的作品是二十一世纪最清澈的声音，但是用"凭借质朴的天性和近乎绝种的虔诚写诗"来评价凡人的诗歌写作，我觉得他是当之无愧的。读凡人的诗歌，我们不能用日常习惯的诗歌角度和态度，其实我们读任何一位有独创精神的诗人的作品都不应该用已经习惯的阅读方法。我们只能潜下心去体味和细品这一位诗人的遣词造句，他的诗歌用心，甚至于他有意无意深藏在诗歌背后的眼睛、理解和态度。

凡人未曾脱离土地，情绪上始终与广泛的人群保持共鸣，比如这首《屋檐下》，在看似平常的事物描写中，却隐含着一个诗人的同情和共鸣：

对他们来说
屋檐的高低并不重要
祖祖辈辈
他们的腰很少伸直过

赶在入冬之前
把玉米和辣椒挂上屋檐
悬着的心，就算落了地
还有什么比吃饱饭更重要的吗

倘若春天燕子归巢
沉寂的山村便有了风的呢喃
他们扛起犁铧出门
然后俯身于刚刚解冻的土地

有意思的是，在看似朴素甚至艰难的日常生活景象的描写中，在"祖祖辈辈/他们的腰很少伸直过"之后，却仍然有了"倘若春天燕子归巢/沉寂的山村便有了风的呢喃"这样透出生活喜悦的意象描写，即便如此，一旦日出，他们还是"扛起犁铧出门/然后俯身于刚刚解冻的土地"。在凡人的诗歌里，像这样对安于生活、安于命运的描述还有很多，比如《你好》《春分》。以下为《春分》的部分诗节：

> 喜欢那些明媚的事物
> 让人心中多了一分美好
> 丰盈的生命总是令人欣喜
> 草木不语，都在传递春天
>
> 比春天更恒久的是对春的渴望
> 它让人保持向上的姿态
> 一只纸鸢会带动更多纸鸢
> 只要飞得够高，就不怕风忽然停了
>
> ⋯⋯⋯⋯⋯⋯
>
> 也许平分不等于公平
> 但若左右都是春天而我正居其中
> 这样的时刻自然求之不得
> 在天堂和天堂之间，我选择人间

"在天堂和天堂之间，我选择人间"，从某种角度看，这几乎已经彻底表露凡人的人生态度。他说"不必关心月亮/⋯⋯/提灯的人，在寻找另一盏"（《元宵》），说"男人的愧疚，总是默不作声/她明白有一种漂泊，叫责任"（《钥匙转动》），还说：

苍穹之下

我们如两颗黑色的石子

淹没在巨大的寂静里

就这样默默地坐着

这大山里停电的夜晚

——《礼物》

仔细读他的诗，你会不知不觉发现，在他的诗歌中很少有愤怒，那些愤世嫉俗和大声呼喝与他有三百里远，就像博尔赫斯说的"犹如三百堵墙"。博尔赫斯是想突破这些墙的，突破这"三百个长夜"，才能够回到情人的身边，因为回不去而深深感慨这种距离和隔离，但是凡人完全相反，他对这种会激发抱怨幽恨的事似乎早已经深入了解、领悟，并加以释怀，他轻轻放下，甚至干脆轻轻走开，注意和注重身边的人和事物才是他觉得更重要的事情，比如他会这样说："哪怕再多的敷衍/里面也藏着真诚/如她的微笑，我相信。"（《你好》）不管是真还是假，根本和重要的是"我相信"。这样一来，他就和太多陷入不满而处于艰难烦恼的人区别开来，我不想说这似乎有一种佛性的意味，我想说的是，这便是这个人，这个不一样的人，这一位把自己的态度安静、安宁地缓缓道来的诗人：凡人。

说到这里，我忽然想到，凡人这个名字，某种意义上，就是他为人或者为文的鲜明态度。

也可能正因如此，凡人将目所能及的人和事物写成诗，比如《抓阄》《寒露》《秋日茶园》《旧房间》《母亲在衰老》《元宵》等。如果说目前社会上广泛认同的是所谓的"诗在远

4

方"，那么在凡人这里恰恰相反，从凡人的诗歌里我们看到的是：诗就在身边，美好就在身边的任何事物之中。关于这一点，用他自己的话来说，就是"没有比暗夜更肥沃的土地/更适合梦境的生长了"（《寂静之声》）。与此同时，他又说："你喜欢那些明亮的事物/喜欢与一个人，厮守到老。"（《影子》）你读着似乎有些矛盾，但又觉得在凡人的娓娓叙述中，一切都是那么自然，你完全能够理解这种矛盾而不觉得有一丁点儿别扭。从某种意义上来说，这便是这一位叫凡人的诗人的魅力了。

要注意的是，凡人的诗歌语言从来不华丽，也不奇绝和突兀，他坚持用一种朴素而内敛的笔调，并且始终不急不躁地娓娓道来，比如这首《瓦尔登湖》：

那座小木屋还在，从不上锁
松鼠、兔子，熟悉或陌生的人
那也是你们的家。或者
一个驿站，你可以探访
那个和你一样孤独而又快乐的人

如果他不在，你们都请便
他一定在森林里
挖地、种豆，也可能
坐在小船上，钓鱼
在清晨、黄昏，或寂静的月光下

此刻，打开这本浅蓝色的书

我看见梭罗，戴草帽穿长靴

在密密麻麻的文字里穿行

湖水渐渐漫过来，先是淹没了堤岸

然后是树林，最后是我

这首诗最令人叫绝的是最后两句"湖水渐渐漫过来，先是淹没了堤岸/然后是树林，最后是我"，特别是"最后是我"，忽然让整首诗歌来到了我们的身边和心里。这种于平凡中隐藏深意的写法，很有弗罗斯特诗歌的特点，因此，我们在读凡人诗歌的时候，一定要注意他那双明亮的眼睛隐藏在哪几句看似平常的诗里面，这是他诗的特点，也是最让人惊喜的所在。

梁晓明

二○二五年一月五日

于杭州翡翠城竹苑

目录

第一辑　看着他们美好的样子

第二辑　万物生长

第三辑　田野安静

第四辑　在南方想象一场大雪

第一辑

看着他们美好的样子

立春

再一次点燃炉火吧
趁山里的雪，还没融化

其实雪下面早就泛绿了
万物饱含水分，都那么深情
像站在旷野里的诗人
面对苏醒的世界，有些躁动
又有些不安

你期待冰面破裂的声响
又害怕河流如野马横冲直撞
想看花儿盛开
又担心一夜骤雨，遍地落英

如果还想在冬夜里再待一会儿

那就煮雪为酒，再醉一次

醒来，你已经躺在春天的屋檐下

立春祭

一场浩大的春事
一切都须盛装，神灵祖先
长者少年，甚至门庭、农具和牲畜

没有繁文，礼仪缺一不可
它关乎天机、时运和五谷丰登
必定有一位长者，安排时序、族人和三牲
每一条指令都无懈可击，不容置疑

像溪水缓缓流出祖殿
人们簇拥春神来到田间
草木泛青，有花蕾蓄势待放
走过的人，都染了一身清香

元宵

不必关心月亮
人间川流不息，仿佛银河落地
提灯的人，在寻找另一盏

那么多次照耀
没有换来一次回首
灯火渐稀，阑珊处已无那人

绿皮火车带着尖厉的笛鸣
和无数光亮的方格扑向夜幕
那是对时间的又一次奔赴

其实都是陈年旧事了
如今一切尽在掌握。 而我怀念的
正是那些失之交臂的瞬间

二月

雨，不停地下
冬天慢慢就瘦了身
如果不是流水的喧哗
我不会知道山，可以那么静
我有足够的慵懒
可以挥霍，连呼吸
都带点甜，这让人想起
那些怦然心动的日子
这雨后的清新一尘不染
只有她，才配得上

即将消失的词语

立春已过，农人们开始准备春耕
父亲一辈子都在地里劳作
而收获，却由不得自己决定
总会遇到结不出稻子的稗草
或者一场洪水，甚至冰雹

我离开故乡已经多年
并不娴熟的农活早已生疏
田间的场景变得模糊
稼穑，这曾经耳熟能详的词语
竟然想不起笔画和读音

而土地并没有忘记自己的使命
早些年出走的后生也正在返乡
他们带回新的种子、工具和理想

并重温那些起早贪黑的日子

我翻阅那些关于农耕的文字
它们像炊烟，有着呛人而温暖的气息
更多的城里人将和我一起去乡下
感受拥有一小块土地的骄傲
以及拄着锄柄，看庄稼迎风生长的喜悦

三月

三月有谨慎乐观的起始
但结局无疑更为盛大奔放
二月递过冷飕飕的竹枝
插在湿暖的土地
万物就青葱起来

燕子仍对庄户人保持着警觉
将他们精心呵护的旧巢
弃而不用，也许它们已经习惯了白手起家

柳啊桃啊，还有油菜花紫云英
所有隐藏的心事都迫不及待
向青山、原野、溪流，向每一个踏青的人
倾吐衷肠

山有清泉

大山把雨水慷慨地送给江河湖泊
它自己，也悄悄地藏了一些
它懂得细水长流的道理
只有在最低处，才能
承接住从高处落下的东西

高出雨水的部分

那么多雨水落下来
从高处到最低的地方
仿佛卑微的善良
不仅山峦、高楼和树木
甚至一棵小草，都高于雨水
还有虚空里的鸟鸣，听得见的得意之声

我有足够的耐心，等待接踵而来的日子
那些蛰伏已久的沉默
它们和雨水一起栖身于幽暗之处
等待那一声惊雷，发出毫无顾忌的声响

惊蛰

二月匆匆忙忙，走丢了一两个日子
三月迫不及待，翻过后山

你如何从模糊而散乱的意象中
分辨和捕捉节气变化，这是一个问题

柳枝上一抹淡绿，梅花谷落英缤纷
小草已然茵茵，而海棠，似乎未醒

你不曾挽起裤腿，试一试河水的冷暖
鱼儿和鸭儿们知道，可它们总是缄默不语

还有一些蛹状或软体的虫儿，蛰伏于地下
只待一声惊雷，它们便可重见天日

隔世

折一枝桃花
有前世的暗香
那个被重复了千年的隐喻
再一次被引用

那些快乐的人，她们起舞
没有人在意，她是缺席的一个
星星坠落桃林，他还在等
明天的夜色把它们捞起

多年以后
阳光透过桃枝照在断墙上
他从斑驳的影子里
找到她半嗔半喜的脸

春分

喜欢那些明媚的事物
让人心中多了一分美好
丰盈的生命总是令人欣喜
草木不语，都在传递春天

比春天更恒久的是对春的渴望
它让人保持向上的姿态
一只纸鸢会带动更多纸鸢
只要飞得够高，就不怕风忽然停了

一定要到田野去，湿软的土地
让你感受母亲的肌肤和气息
一场花事，盛大的绽放和凋谢
让你获得关于生命的深刻认识

也许平分不等于公平
但若左右都是春天而我正居其中
这样的时刻自然求之不得
在天堂和天堂之间，我选择人间

春分辞

又到春分
静若处子的江南
烟雨里人们说话都是轻声细语的
生怕惊扰了宁静

碧蓝无边的晴空
孩子们如何懂得纸鸢的心思
风煽动着危险的自由
却被一双小手，紧紧攥住

这个季节温暖，而且盛产美好
每一朵花，每一棵树
都恰如其分，恰到好处

从春的田野里走过

妹妹忽然轻声说道

看着它们美好的样子

就怕它们慢慢变老

清明

在公墓有我几位亲人
每当经过那些陌生的墓碑
都会在心里默念：打扰了，借过
而每次经过她的墓碑
都心生惶恐，想停下来说些什么
又怕她幽怨的目光
像以前那样，对着我

清明辞

下不下雨，人间都有泪
雨不停，菊花很沉
而若是阳光灿烂，想人间这美好
你却看不到，我的心
会更痛

满地零落的花瓣
像被世界遗弃的孩子，苍白的脸上
依稀残留昨日的红晕
它们很快会归于尘土

名字那么重，纸钱那么轻
这小小的桌子，再也放不上一本台历
可以把悲伤的日子，撕去

斑鸠

所有的鸟鸣中，它最单调沉闷
似乎一直在克制：是否极简也是它的主意

雨水压低了草木的头颅，以及声音
它们的谦卑不仅可见，而且可闻

整个雨季我一言不发
让雨滴、流水和虫鸟说话

而事实上我在写这首诗之前
一直对斑鸠存在误解

我把它不急不缓的叫声当作布谷
把它略带花纹的灰色身体当作鸽子

但可以肯定的是：这些年来

我一直是循着斑鸠的鸣叫找到春天的

铺里印象

一生中注定会在某时某地，遇见
似曾相识的情景
如果有一种亲切挥之不去
那一定是故土和故人

田野总是值得信赖
春天希望疯长
低头是成熟的另一种表情
即便是荒芜，也有质朴的力量

而此时安静
栅栏不高不低。 你轻轻坐下
身边是挥霍不尽的白云

谷雨记

春日将尽，友人相邀一场
谷雨祭祀，他说祭牛
让我想起父亲一生的沉默
雨落在田地
杂草与稻秧一起疯长
仿佛要替花，把春天挥霍殆尽
谷雨，多么美好的汉字
说萍水相逢，布谷鸟催种
好看的戴胜立于桑枝

谷雨

雨季将临，我们开始讨论一些沉重的话题
——孤独、忧伤、生与死
因为一些熟悉的人，正悄悄离我们而去
生命的脆弱与无常，变得触手可及

我仍然喜欢谷雨，这生机勃勃的词语
虽然对春天的离去，免不了心生悲凉
但对即将来临的夏天，还是满怀希冀

是的，也该到下地劳作的时候了
播种移苗，埯瓜点豆
你不必担心
雨生百谷，一切都是最好的安排

种下什么，就会长出什么

我选择种下微不足道的善良

这并非为了收获什么

只是觉得这样，才能心安

深山里的村庄

一定有一段时光盘桓在这里，忘了离去

整个村庄都静静地陪着

黄土房、石板路甚至炊烟

都不曾有半点改变

那几幢洋房，像陌生的外乡人

村边的河流随季节起伏

此时它那么安静

一只翠鸟的叫声，盖过了流水

村头那棵开满白花的树

映衬着黄色的村庄

是否春风早已潜入

你看木楼板下布满了燕巢

它们张着口，仿佛在呼唤着什么

楼山后村

被流水缠绕的村庄是幸运的
除了小溪，还有那些细流
皇后可以出身卑微
她的身体一定在溪水中反复洗濯过
依然有浣衣的女人
衰老或年轻，美若天仙或相貌平平
只要溪水不停地流淌
就会永远保持那份清冽

起风了

云朵触及湖面的刹那

水波就轻轻晃动起来

无数白蝴蝶，贴着水面飞向岸边

芦苇是站立的湖水

有着同样的青蓝和摇曳

只是多了一些锋芒，如果你不带镰刀

它依然是温柔的

这是春天的午后

阳光透过窗外的悬铃木

拨弄着琴键，黑白的音符

如蜜蜂，飞舞

坐忘

雾岚从低处涌来
山谷把疏朗留给鸟鸣
早起的风被一阵雨按住

密林为我们遮挡了大部分雨滴
并收集剩下的，成为流泉
水的这头是山，那头是河

太浓的绿荫使天空变得拥挤
落叶作为最小的死亡
将在不久后重生

一截枯树带着新鲜的断痕
我凝视巨大的树冠
等待新枝，发出拔节的响声

名字

那些野花野草
都有一个奇怪的名字
白茅、苍耳、狗尾巴
苘麻、鼠曲、婆婆丁
就像村里的孩子
不是叫狗剩、黑蛋
就是叫小臭、老歪
每个人，都有一个贱贱的小名

三叶草

风从柳枝间跌落
窜进树下的三叶草丛
她蓝色的裙裾，泛起涟漪

记不清这是第几个清晨了
她依旧痴痴地盯着那些三叶草
它们的每一片叶子
都长成心的形状

终于发现一株四片叶子的三叶草
听说这样的概率小到十万分之一
她的手有些颤抖
生怕那纤弱的幸运
一旦摘下，就不再灵验

你好

这时天空就明亮起来
一只鸟儿从岸边飞起
那片芦苇在晨光里摇晃了一下

哪怕再多的敷衍
里面也藏着真诚
如她的微笑，我相信

今天天气不错
有许多美好

屋檐下

对他们来说
屋檐的高低并不重要
祖祖辈辈
他们的腰很少伸直过

赶在入冬之前
把玉米和辣椒挂上屋檐
悬着的心，就算落了地
还有什么比吃饱饭更重要的吗

倘若春天燕子归巢
沉寂的山村便有了风的呢喃
他们扛起犁铧出门
然后俯身于刚刚解冻的土地

瓦尔登湖

那座小木屋还在，从不上锁
松鼠、兔子，熟悉或陌生的人
那也是你们的家。 或者
一个驿站，你可以探访
那个和你一样孤独而又快乐的人

如果他不在，你们都请便
他一定在森林里
挖地、种豆，也可能
坐在小船上，钓鱼
在清晨、黄昏，或寂静的月光下

此刻，打开这本浅蓝色的书
我看见梭罗，戴草帽穿长靴
在密密麻麻的文字里穿行

湖水渐渐漫过来，先是淹没了堤岸

然后是树林，最后是我

山寺桃花

这个春天已近荼蘼
赞美的人却哑口无声

没有人进香，没有人顶礼
方外本无须有俗世与凡人

那一声禅钟比以往更寂
那一缕香烟比以往更清

四月的阳光有些灼人了
禅房的沙弥有些困倦了

最是那一树桃花
开得一心一意，落得无声无息

宿云湖仙境

一场大雨不期而至
似乎为了契合今天，和此处好听的名字

雨从天井落下，青石板上开满小白花
想起夏夜星光，冬日捧着双手去接雪花的情景

喜欢掌灯时分这样的旧词
坐在堂前，坐在老屋的旧时光里

雨中的山村，在寂寞与喧哗之间
是不是每一个书生，都期待遇见自己的狐仙

就像在黄昏写诗，想在午夜读给她听
身处天堂的人，总是向往着人间俗事

山行记

两个人的时候一定要攥紧你的手
大山最爱藏起一个人
使另一个，也成为失踪者

我们走走停停，抬头看云
低头避开荆棘，又被另一丛野花缠住
直到林深处传来清冽之声

那泉水来自云端
从一小块陡峭处跳下
然后在低处坐着，一言不发
你转身看我时，瞳仁里有一汪清水

等

那么深的一座大山
孤零零一条小路
一座房子，一个人
他砍来木头，做了柴门
再铺上茅草
这样，冬天的时候
就可留住雪了。 若有人敲门
哪怕很轻很轻，也能听见
可是没有。 好在还有一树桃花
他可以静静站在四月里
想她，一直到花瓣落满半个院子

蝴蝶

永远不要好奇一只蝴蝶的身世
或者两只。 传说只是传说
我不相信
悲伤的灵魂还能那么轻盈

蚕豆花儿开
数不清的蝴蝶
落在花上时，已分不清
是蝶变成了花，还是花变成了蝶

风起时，我紧跟一只蝴蝶
先是沿着满园的藤蔓儿向前飞
然后越过篱笆墙
那已经是别人家的地了

当我折过田塍时

看见它正穿过橘林

消失在

一座长满青草的无名墓后边

春暖

阳光暖得发烫
春凉躲进树荫
田间薄水黄
秧苗，比青草更青

柳絮如飞雪，一直被忽略
还有花、草、树叶和流水的气息
让湿润的咽腔，蠢蠢欲动

我们克制住不发出声响
以免惊扰了那只布谷鸟
如果不是花朵上的泪痕
没有人知道
昨夜雨的伤心

春雨

最后一盏灯熄灭的时候
光把黑夜还给黑夜

高高的玉兰树上，无数白鸽染上
黢黑的困倦，有几只正在疲惫中失足

我假装失聪，以对抗喧哗的世界
只是童年蓄养的鸟鸣，仍响个不停

没有人理会雨的絮叨
直到清晨降临，它悻悻而去

当我看见村前河水暴涨
才知道在春天，忽略一场雨是危险的

落花乱

四月，承诺如期而至
赏花人被一场雪羁绊

他在山中，离那片桃林九十九座山的距离
她也一样，只是少了一场雪

其实他们知道
早在盛放时，一些凋零就已经开始

倘若风更大、更急
倘若雪不停、不息

他推窗，天空有浩大落白
她转身，地上已落红缤纷

下淤印象

一定有某种神秘力量，让流离失所的人
像水上的漂浮物，在此淤积、聚集
山林茂密无柴薪不足之虞
水边有田，耕者有使不完的力气

梨花开了半朵，还有红的紫的和黄的
蜜蜂和它主人一样，从不得闲
后来又来了画家、作家和诗人
或沉思，或凝望，或看飞鸟虫鱼、星星月亮

古法稻作是很久以前的事了
旧农具也行将消失。 有心者收留了它们
像伟大的艺术品，被虔诚瞻仰

而我偏爱村外的马金溪

黄昏降临，万物如水墨洇开
夕阳敲下最后的钤印
那一刻，这一方山水
属于我

圣拉扎尔火车站

她临摹莫奈
刺鼻的丙烯慢慢沁出清香
人群弥漫的车站
蒸汽火车傲慢的笛声，穿过两百年
——他在阳光下作画
有个东方女孩坐在另一个四月里
描摹他——

每一次出发都像永别
遥远的行程，他探出大半个身子用力挥手
车站越退越远
她一直追，直到铁轨淹没在地平线

亲爱的，如果你看到莫奈
请告诉他，有一个女孩

一直在等

——等那列十九世纪的火车

停靠在二十一世纪的站台

一个人的铁轨

谁能保证，在午夜的旷野
两条铁轨不曾相拥

他们手牵手，在各自的轨道上行走
直到绿皮火车在不远处大声提醒

再没有海子那样的诗人
再没有，那样的爱情和消失

铁路被封闭，他们再也不能
拥有一条铁轨的自由

凌晨四点

需要一种形态和声音
让时间的流逝，被感知
那只钟，静静站在枕边
夜色过滤了所有喧嚣
让嘀嗒嘀嗒的声音
具有了尖锐的质感
刺进每一个慵懒的毛孔
没有人知道，此刻
森林里的飞禽与走兽
田野上的风，水中的鱼
它们是睡着还是醒着
我困囿于渐醒的夜静候黎明
万里之外的她，已踏着夕阳归去

晚樱与鹡鸰

早开的花儿已被流水带走
迟来的，正在枝头绽放
那张长椅在水边等了很久
一只小鸟安抚着它的焦灼
它娇小的身躯与尖细的叫声如此匹配
像风拂过柳枝，花从水中看自己的影子
此时阳光收起翅膀，一场雨正蠢蠢欲动
这并不突然，善变的春天历来如此
只是花，恐怕要提前几天离开了
那样的话，绿叶也会提前几天到来
鸟儿将把这个讯息，悄悄地告诉
长椅上的那对情侣

第二辑

万物生长

立夏
——兼致阿瑟

阳光被窗户捕获，又投射在地上
那么浓密的枝叶，还是没能挡住阳光

那座老屋的门窗开着
光和风可以进来，鸟鸣也是

此时它们全都在，那些被时间
反复摩挲的物事生动起来

我在岸边听风、观水
看万物生长，而自己慢慢老去

更多的雨水把江面抬升，人间事
要么被淹没，要么在波浪中浮沉

夏夜

黄经四十五度，阳光暖暖照着
夏季如期而至
而春天，尚未走远
这角度恰好，这温度宜人

先人们计算好这一刻的坐标
在时光深处结绳记事
它关乎天地星辰、万物生长
而蝼蝈、王瓜和蚯蚓，终将在某一刻现身

此时我们正在乡间小憩
酒至微醺，而茶，分外浓醇
大家谈论农事与节气、做事和做人
不觉窗外风清月白，夜色渐深

在春天和夏天的间隙

这时候蔷薇的绽放已不可遏制
鸟鸣赶在其中一朵花开之前
更高的银杏树上
阳光在蓬勃的枝叶间闪烁其词

不仅草木，一切都在疯长
天上的乌云和地上的河流
黎明到黄昏间的距离
流逝的岁月，和依旧激昂的青春

在春天和夏天的间隙，我们席地而坐
看曾经宁静的岁月，远去

婆娑

那片叶子动了动，我确定
在这盛满鲜花和鸟鸣的清晨

没有风，每棵树都默默站着
每片叶子都是静止的

但那片叶子真的动过
就在我看它的那一刻
那张悬铃木的新叶

就那么轻轻地、快速地
晃动了一下，仿佛从未动过

迟到的月光

芭蕉叶上有雨水滴落
这黑色的珍珠，掉进寂静的夜里

似乎只有我能听见，失眠的人
总是在大海里找一根针

一生要错过多少次，如果能多一点耐心
而我总是在你到来之前，就关了门

我不知道雨已经停，不知道月光
洒在芭蕉叶上，你站在影子里，一直等

小满

雨水饱满之时
从遍地葳蕤中择取苦涩之物
饥荒植入记忆
先祖的味蕾依旧敏锐

江河奔涌，人们筑堤固坝
并虔诚地祭祀水车之神
水满招损，旱亦伤年
丰与歉，不过在一念之间

一些草木在灿烂后衰亡
麦子的隐喻复活
乡下的兄弟说
今年多种了三五亩

忙

一株金色的麦子
有饱满的真实
它的锋芒
像带刺的阳光

风吹麦浪
庄户人没时间欣赏
他们只想着收割、脱粒、碾磨
还要祈求绵长的雨
早点停歇

日子虽然灰不溜秋
麦面还是有模有样
女人们最擅拿捏生活
圆的烙饼、长的面条

还有两面都光的馒头

麦子上田之后
稻秧已经插下
农事像村外的河水暴涨
收也忙，种也忙

芒种

日子如流水，又仿佛轮回
我们坐在尘世的岸边
看远去的季节
兜兜转转，又回到眼前

最易犯困的日子里
有人无所事事，有人
拼命从时间手里
抢夺些什么

所有该种的，都种下去
包括忙碌、汗水和种子
花儿谢了还有青梅，偷闲煮酒
听伯劳鸟，发出夏日第一声

芒种时节

夕阳落山的那一刻
天空就暗了下来
地里的父亲依然没有歇息的意思
不仅如此，他刨坑的速度越来越快
我紧随其后，点籽的节奏快跟不上了

一场雨不期而至，我跟着父亲
也点下最后一撮玉米
我们在夜雨中收工
远处有灯火若隐若现
我知道，一定有一盏是母亲点燃的

晴朗

麦芒从不将尖针指向麦子
它毕露的锋芒只为守护麦粒的温润
和消解，用力过猛的风雨

每一寸光阴都不容虚度
人们抢着带芒的谷物
北方南方，割麦插秧

晴朗无风的日子
炊烟会径直跑到白云身边
但更多时候，它被雨按倒在瓦灰的屋顶

如今炊烟早已了无踪迹
只有节气依然在讲述
那些被一再验证的古训

黄昏

你坐在白天的另一端
天空依然明亮，云抹了些微红
像你，总是把自己置于素颜与淡妆之间

那棵月季站在窗台上
一会儿看天，一会儿看你
它不经意的妩媚
令你想起春天的田野

那么多蝴蝶围着花朵翻飞，假意或真心
而旁边的六月雪
半遮半掩的小白花，不敢香出声来

它神情谦卑，似乎迫于月季的压力
这些年来，你一直喜欢那不曾改变的美好
就像有人对你的喜欢，不曾改变

夏至

夏日疯长
阳光已经绷得不能再直
只是空气中仍充满雨的味道
小溪刚瘦了身，说不准
哪一天又会胖回去

能掐的花已经不多
杨梅熟透，正好可以入酒
有人顶着烈日下田
有人写下诗句
赞美劳动和夏天

昼长夜短只是相对而言
阳极阴生，蝉知道的不只是热
茂密的树林有残叶落下

半夏生长，准备应对
可能到来的诸种湿寒

夏夜

白日急促的喘息归于平静

月亮突然就挂在了头顶

那声蛙鸣不知闯进谁的梦里

灰屋顶，一只黑猫如影子飘过

鸡们在逼仄的笼子里相互推搡了几下

继续相安无事

小溪压低嗓音

萤火虫在草丛中追逐

仿佛月光下有无形的逃遁

老樟树巨大的树冠上

有几片叶子翻动

小暑

大地蓬勃，我只取一片绿荫
可以安放炙热的身体和蝉鸣
阳光留给草叶菜蔬，还有稻子
它们叶子转黄，谷粒饱满，丰收在望

最好再有一间老屋，青藤爬满矮墙
还有一湾浅水，两棵桂树
这样我们就可以回到那个夜晚
一个在水中打捞月色，一个拨开残瓦
看蟋蟀还是不是那年模样

长调

草原的尽头还是草原，你在那边
一片乌云的下面，还有一片流动的白云

河水穿过草丛，那么多无名的花朵
不妖不艳地开给你看

顺着河水不停地走，鹰在空中
使羊群的奔跑浩大而悲壮

只有歌声能够抵达，乌云上面的阳光
一只因难产而拒绝喂奶的母驼的眼泪

还有，你乌黑的长发

金源旅游根据地

没有比根据地更好的命名了
这大山怀抱碧水环绕之地
适合晨雾、山岚、小桥和炊烟
它们是记忆和梦想的根据地
如星星,燎原成漫长的旅行
以及沿途的风景,还有一起看风景的人

事实上他们的跋涉早于千年以前
一门九进士的辉煌,隐藏在恢宏而质朴的宗祠
族群的密码高高悬挂:曰贤良,道是耕读传家
那天井里的厚朴,石板上的青苔
还留着先生教诲谆谆,童声琅琅

听了一夜的流水,我起身开门
那木门,和门后面的木顶

不是防范，而是一种隐喻
于我的意义，更在于双手扶门的质感
和开门时久违的嘎吱之声

没有比这更美好的清晨了
先是鸟鸣划破薄雾
然后是几只鸡鸭和一只白鹅的交谈
黄犬不吠，它只当忠实的听众
田间劳作的人，也笑而不语

在炊烟升起处，和一位阿婆用土话攀谈之后
我和妻子用手接过她从旧瓷碗里夹起的
撒满肉丝和红辣椒，还冒着油泡的焙糕
这是我吃过的最美味的焙糕了。 我还看到
阿婆布满皱纹的脸，她的微笑
似乎比此刻的我们，还要满足

在村上(一)

那清冽的涧水，是大山隐藏的温柔
你内心的波涛，如升腾的晨雾
越过山峰，又被冷空气阻挡
如此反复争夺，直到更辽阔的海洋

我知道你爱这山、这水、这破败的旧物
它们曾经拥有，你祖辈所拥有的
苦难、艰辛，还有最简单的快乐
就像油坊里停不下来的碾槽
带着苦调的悠长的榨油号子
和经久不散的浓郁油香

有一种坚守，需要以放弃为代价
有一种快乐，需要用另一种快乐替换
那些被反复捣打、搓揉和洗涤的日子

有了亚麻布般的淡雅和舒缓

作为过客，我总是习惯于在短暂的旧时光里
拈花、饮酒，与石头和草木说话
做奇怪的梦，并写下诗句
其实我也希望有一天，留在村上
把日子过成诗，把诗
过成琐碎的日常

水漂石

奋不顾身地扑向你
那么短暂的一吻
就兴奋得飞了起来
我一生的努力
都是为了最大限度地亲近你
并保持适当距离
我知道只要稍做逗留
就会坠入你的温柔乡
而我只想在你的鼓舞下
努力抵达彼岸

礼物

她说不要有光
突然就陷入了黑暗
我们手牵着手
回到世界本来的样子

几乎触碰到了呼吸
那种久违的震颤
当黑色的眩晕渐渐消失
我们看到彼此模糊的轮廓

还有群山，如波涛涌起
把我们抛向天空
那一刻我们看见星星
一颗、两颗，在凝视中
越来越多，直到汇成一条银河

苍穹之下

我们如两颗黑色的石子

淹没在巨大的寂静里

就这样默默地坐着

这大山里停电的夜晚

庭院深

应该有高高的飞檐
悬挂的铜铃，无风，也响
应该有紫藤爬满矮墙
春天，花在墙上
秋天，叶在地上

应该有一池菡萏、几处假山
夏夜有蛙鸣
早晨蜻蜓落在荷尖
风吹过，也一动不动

应该有一场不大不小的雨
不紧不慢地下
或一夜暴雪，白茫茫一片
仿佛这世界，什么事都不曾发生

空山

许多场旧雨从时间深处赶来

朝更深处奔去

云雾使万物失去界限

坐在悬崖边的人没有深渊

夜幕降临，他和世界一起走失

走失的河流

因为来路不明的身世
它总是隐藏于山谷和低洼之处
直到被命名，并成为一个族群的图腾
智者临水而居，他们知道流水的善良
不只是哺育一方土地、一座村庄

而河流是熟悉的陌生人
它善解人意，有时也喜怒无常
懂得迂回，又一往无前
它迷失于自己所设定的归宿
大海，或者湖泊、沙漠
和一条，有着更大梦想的河流

旧房间

离开了主人，它也是寂寞的
门永远虚掩着，天井里的阳光
侧着身也只能挤进一条缝隙

蜘蛛也结网，但比不上小妹翻花绳的
那种温暖的气息，重要的是
再平淡的日子，也能变化出生动的场景

往日的陈设都在，它们从不随意走动
怕万一主人回来，就找不到自己了
直到蟋蟀因耐不住孤独而出走

梳妆台上镜子仍在等待
一张早已消失的美丽脸庞

以后

一切归于静寂
风那么轻，吹不动袅袅升起的白烟
还有火焰、麻布和纸钱
看着它们渐渐熄灭
天就暗了下来

所有人都走了
只有你孤零零留在山上
那堆新土垒得很高
我们走出很远，转身时
一眼还能看到

从今往后，你要习惯孤单
和沉默，就算我们
偶尔来和你说说话

你也不必回答。 事实上
我们能说的话，已越来越少

七月无风

一场雨下在别处
而我，在局部和有时之外
岸边的人，看水中两只白鸭
说起长亭短亭，说起鸳鸯蝴蝶
和一场浪漫的生死

最遥远的距离，不是天涯海角
而是一辈子在身边
却无法抵达
就像此刻，彼岸晚霞似火
而我，已深陷于暗夜

影子

走吧，趁天气晴朗，去草原、沙滩
去所有阳光能照见的地方

你喜欢那些明亮的事物
喜欢与一个人，厮守到老

你的悲欢，在光明与黑暗之间
你的离合，在站立与倒下之间

明月敲窗

这浩大的月色像稀释了的阳光
又来稀释黑夜

母亲睡着了
月亮站在窗外，它抱着一床银色被单
等我把窗户打开

还有身边的小狗和猫咪
院子里的紫薇、苦楝和风铃木
后山番薯地里的父亲
都被一层皎洁抚慰

这坦白的月夜
万物甘愿交出自己，一如
天空交出澄明

大地交出寂静

我交出绵绵不绝的思念

缺口

我深知一只瓷碗的命运
它所有的光鲜，都布满烧灼的痛感
一如刻进骨骼的伤痕

我失手的那一刻
它的裂痕画出一道优美的弧线
锋利的缺口，呈刺刀见红之状

我小心翼翼避开它的锋芒
直到时间抚平它的悲伤

一条缺乏象征意义的河

它唯一的使命是：走
至于从哪里来到哪儿去，那是哲人的使命
与河流无关

被一种力量驱使，它疲于奔命
于辽阔之地缓行，调整呼吸
遇陡峭狭隘处奋不顾身，不惜粉碎自己
也知道妥协、迂回甚至倒退

懂得包容，不拒绝一条沟、一眼泉
甚至一滴水的加入
就像大海对它的态度

而这一切都是自然而然的
不象征什么，也无须被什么象征

观长江落日

所有人都拥向船边
高举手机相机
像要奋力把落日托起
落日不知所措
一会儿在林间徘徊
一会儿躲到高楼后面

多么善良的落日啊
它知道坠落不可避免
带着一脸羞愧沉入长江
将余晖留在天上
把人间最后的归程
照亮

荒原

要一个人

让空旷映衬我的孤独

要一匹马

让烟尘卷起我的狂野

要一阵风

让沙丘像书卷翻开历史

要一壶酒

留给那阳关以外的故人

再给我一支羌笛吧

"那无限空间的永久沉默，使我恐惧。"*

注：* 出自法国作家帕斯卡《思想录》。

隐

幽林深处，循声
看见流泉的一部分
像透过稠密的树冠
看见阳光
一些美好你能看到
还有许多美好
在目光所及之外

喜欢一件事
何不浅尝即止
不必试图了解一切
也不必遗憾没能拥有全部
也许，那些隐藏的部分
更加令人着迷

茶卡盐湖

天空落在水里
清澈而安静
我在湖边徘徊许久
还是不忍心下去
怕踩碎了白云
和白云上欢乐的人儿

火车行进在空旷中
使寂静有了节奏
阳光像密集的盐粒撒在身上
那种温暖，极易融化

所有人都在拍照
企图留住此刻欢乐
他们知道，这晶莹的盐

和澄澈的水

其实是积攒了千万年的苦涩

卓尔山

在高原，海拔只是心中尺度
辽阔才是目之所及

如果不是祁连山，无法想象
有一种悲怆，长在摄人心魄的风景里

我从海一般的草原，看到群山陡峭
在古老的静谧中，听到沉重的雷声和呼号

是不是七月掩盖了什么，远方村野如茵
八宝河如洁白的哈达，献给大地

宁愿相信苦寒已经远去
虽然至少昌耀在拉洞台的时候

贫穷和窘迫还如影随形，连同他的深和悲悯
穿越苍茫高原，直抵人心

此时我只想成为卓尔山上空的鹰，俯瞰人间
无论富庶贫瘠，都会在疲惫时，落脚安息

第三辑

田野安静

立秋

总能从葱绿的树冠上
找到几片渐黄的叶子
水清澈而深沉
一如不断抬升的蓝天

台风从海上来，有好听的名字
暴躁的脾气
和千里奔袭后的疲惫
雨不大不小，风不强不弱

被岁月擦洗的年轮
有清晰的昨天，和不确定的明天
你信或不信
它都拒绝用声音言说

抬头看见黄昏的月亮

饱满而不圆满

它离夜很近，和太阳

也保持不远不近的距离

山中八月

八月依然有刺眼的灼热
但一些偏冷的词语开始生长
至少在辰时之前
你可以在草尖上看到立秋的模样
秋水是另一种命名
它用凉意包围你的肌肤
仿佛是无声的抚慰
又仿佛在替烈日表达歉意
黄昏临近，母亲坐在月桂树下
银纸已盛了大半箩筐。 中元到了
她要亲手给父亲准备礼物
就像当年，她给他缝制的每一件衣裳

边界线

八月，凌晨的草原风中有刀
铁丝网上的刺针犹如
噼啪作响的火花，仿佛一种警告
而绿草和小花总是置若罔闻
我敬佩它们没有边界感的自由
不像人类，划定各种各样的界限
看似互不冒犯，实际上
这世界没有一天停止过战争
而我只想看一看日出
看它从东边升起，慢慢越过边界线
它不属于谁，甚至不属于人类

白露

落叶并非秋天的标记，如果它不曾变黄
不曾将脚下的小路铺满

只有在子夜才能看见露水
月光下，它清冷孤寂的模样

被酷暑追逐，他忘记了秋天
忘记水边蒹葭已白，落日不晒

像庄稼等待镰刀的恩宠
他低头，等待一场浩大的秋凉

我想的白是露水的白
我要的露，是微凉的霜

白露辞

关于白露，没有一个诗人写得过《诗经》
一片芦苇，在河畔摇曳了千年
那露水结成的霜花
从春秋开到现在，仍是古时模样

今日白露，我在南方大山深处
沿一泓清泉溯流而上
草木依然葳蕤，伊人徜徉山水
她面露欢愉，心藏凄凉

此时白露，在草尖凝结成玻璃心
一只秋虫，徘徊于苇叶与蛛网之间
与其在寒风中孑然死去
不如用生命，赠爱人最后晚餐

露从今夜白

应该有一些露水生成
在临近午夜之时
有月光的注视，和风的低吟

田野里，稻子们安然度过最后一夜
明天，会有一场秋收
将饱满取走，留下略显凄冷的空旷

如果露水打湿沾满草籽的脚背
那一定是年少的我
和沉默寡言的父亲

风吹过

我听到风的声音，以及梧桐叶子
相互摩擦发出的声响
而湖面却纹丝不动
也许是游荡的风，过于轻薄
而初凉的秋水，太过沉重

秋日茶园

在清瘦的秋黄里见到欲滴的青翠
七十度的山坡，风的身体
波浪一样陡峭地铺展

所有被遮掩的事物渐次呈现
枯萎、干涸
苦苦挣扎但永不放弃

但依然有蓬勃的春色如这茶园
我问过埋头施肥的园丁
他确认无法引水上山，那么
守住这方青葱的，就唯有执拗的雨露了

仿佛受升腾云雾的鼓舞
我决意登上山顶，与其说征服

不如说致敬，向如聚的峰峦
向低到尘土的农民弟兄

麻糍节

我们下车的时候

院子里已挤满了欢乐的人

那个年轻人高举木杵，又重重砸下

在石臼中翻动米团的大爷的手

总会在木杵落下的最后一刻，抽离

那种默契与精准，似乎源于某种基因

我并不关心麻糍节的渊源

只在乎麻糍的香甜绵软

只要听到紧实的木杵声

你可以去到任何一户农家

主人都会留你吃饱喝够

那份热情，吃不了的还让兜着走

他们的麻糍节并没有固定的时间

哪天来了客人

哪天就是盛大的节日

小镇

无非是一条街道、三个路口
早晨熙熙攘攘，午后冷冷清清
竖的酒旗，横的牌匾
土味的吆喝，穿街而过的风

木器、竹器和铁器
酒坊、牌室和茶屋
环境优雅的民宿
以及穿着汉服的村姑

会有一棵大树，或一口井
作为历史的幸存者缄默不语
而街头一隅，永远有几位老者
在午后的阳光下念叨从前

寂寂无声

虚掩的木门斜靠着矮墙
似乎在等待一个人
紫藤花太闹，一半在枝头，一半落在地上

推门而入，我看见高处的楼阁
低处的池水，和野蛮的荒草
那两把空椅子显然坐在院子里很久了
它们有过窃窃私语，我不知道

墙角的红灯笼褪了色
还有被冷落的花轿
蜡烛和唢呐，流泪的新娘
都不见了，我知道
我不是那个被等待的人

初凉

她坐在傍晚的岸边
水面上稻浪翻滚
她伸手抚摸那片金黄
整个人就燃烧起来

需要一些等待
蝉声沉入夜深处
微风拂过长发
她，就是最好的秋意

夜行人，别惊扰了她
我看见有星星落下
落在她的身边
落在她微凉的忧伤里

秋天的第三首诗

江河日渐消瘦

而田野依然丰满

一些叶子开始告别树枝

还有一些选择继续坚持

栾树灿烂，淡红或金黄

一直不清楚是花还是果

已经很久没和你聊天了

不是厌倦，而是无话可说

这是秋天的第三首诗

我不想赞美，也不再伤悲

水之南

在水之南
一个村庄长成一棵大树
根须伸入光阴深处
用了数百年的时间

常山江的清澈流淌了千年
还有诗歌和雪一样的瓷器
它们流向东海，或京杭运河
其中一些羁绊于此处山水
化作清风烟雨，滋润了半个江南

人们怀念那些远去的事物
如祠堂、祖社、沉默的耕牛
和永远不显疲倦的蛙鸣蝉声
而更多鲜活的事物纷至沓来

它们比时光走得更快

我偏爱在变与不变之间
譬如这个秋天
依然可见风吹稻浪、橘红柚黄
更有奇石异木
让水边的人，多了一分山的厚重和风骨
族谱上的家训依然清晰
曰耕与读，可以传家

诗、酒以及远方

你有多久不曾走进田野
俯身触摸低垂的稻穗
看风吹麦浪，高粱红了
玉米马鬃似的流苏闪着柔光

秋后它们全都回到了家
你的老父亲，把它们召集在一起
他要用爱和时间
让它们，实现一次华丽的蜕变

高高的蒸笼里盛满五谷
灶膛里的柴火噼啪作响
他从墙上取下长长的烟杆
满屋子都是旱烟、松脂和粮食的清香

父亲用锃亮的铁锹翻开酒醅
像犁头掀起温热的泥土
他粗粝的脚印将和酒醅一起封存
发酵、蒸馏，直到变成滴滴佳酿

像是来自山林原野的清泉
带着年轻的骚动与不安
母亲牵挂的目光下，你决然而去
走吧，朝着大海的方向

在海边，众神居住的地方
你看见狄奥尼索斯在痛饮
他如篝火般摇晃的身体
一半是痛苦，一半是狂欢

直到大醉一场，孤独如影随形
你坐在岸边，看流水慢慢转身
溯源而上，回到最初的地方

那是它的故乡，也是你的

从一个陌生走进另一个陌生
小溪、炊烟，还有草垛和秸秆
那些在梦里梦见的，如今还在吗
幸好乡音未改，你可以循声前往

你学着父亲的样子耕地、插秧
在田野收获秋天的金黄
你知道如何挑选上好的谷物
将它们酿成美酒，与爱的人分享

不是只有遥远之地才叫远方
那些沉入时光深处的往事
悠远绵长。 你将如何唤醒它们
一杯酒，一首诗，一个深情的回望

林间云上

森林遮蔽了大部分阳光
那些零碎的光线，从枝头
跳到我们肩头，又落到松软的
铺满金黄色松针的地上

多年以前没有森林，只有灌木
稀疏的马尾松似乎从不落叶
也见过雉鸡，我们挥动的柴刀
让它们无处藏身，只有不停地

从这丛灌木，飞到另一丛去
它们在惊恐中疲于奔命
而年少的我们，只有追逐的兴奋
和永远无法捕获的失望

森林之上，天空蓝得不可思议

群山如信徒匍匐而来

我们站在山顶，看旷野远去

等一片云轻轻落下

寒露

这些日子依然热烈
薄凉是早晚的事
至于露气结霜
或许发生在远处寒山

怕冷的庄稼已早早上田
胆大的，还未收场
一些土地植物茂盛
还有一些，渐呈荒凉

城市的天空被切成碎片
雁阵忽隐忽现
它们身后，冰霜正结队赶来
而前方，阳光温暖灿烂

我最文艺的兄弟当了农民
种出的稻子有艺术气息
他决定摆一席稻米宴

就在他的稻田，就在寒露这天

寒露帖

我猜此刻，应该有一些露水生成
在临近午夜之时
有月光注视，和风的低吟

田野里，稻子们安然度过最后一夜
明天，会有一场秋收
将饱满取走，留下略显凄冷的空旷

今夜的初寒能停留多久呢
如果明天，有露水打湿
沾满草籽的双脚
那是年少的我，和沉默寡言的父亲

秋的絮语

我们坐在悬空的露台上
像坐在老屋伸出的手掌上
山风穿林而过,微凉的阳光散落一地

我们谈论秋天,寒露已至
老家那块田畈什么时候收获
它有一个好听的名字
金黄色的,带着泥土的清香

还有关于冬天,关于雪
山中的黄土屋
一炉火,两壶酒,六七分醉

然后暮色,然后灯火,以及
没有结局的故事

季意记忆

转角遇见，隐藏的风景
在季节之外

野径细瘦如曲水
斟一壶酒，等一个人

窑火烧过的石头还是石头
只是心思不再那么重、那么深

被时光遗弃，又被目光拾起
废墟之上，我筑小小宫殿祭奠过往

不只是怀想，还有水，还有山
还有风吹草低，拂晓晨昏

可以如朝日怀抱雄心

或像草木，握住小小的悲悯

你在庭前看白云卷舒

我在岸边，听鸟儿掠过水面的声音

这青山葱郁、田野安静

适合写一首诗，以慰风尘

罗曼，山庄

你问为什么不加上蒂克
也许是罗兰吧。 说真的
我不太喜欢法兰西
偏爱挪威的森林、峡湾的水
我曾在那个无名小镇，逗留了一晚

青草地、葡萄园、彩色木房子
晚风里的凉意
歌手已经不太年轻了，还有键盘
那是你最喜欢的民谣，名字叫
乡村路带我回家

你有多久没好好听一听夜了
漆黑的，纯粹的，没有一缕灯光
最深的静谧里，有神秘的声响

而你，只管躲在梦里徜徉

如果风一直吹，你就干脆披衣起床
即便是夜半，也不必担心
烧烤架上的木炭还留着余温
不经意间抬头，竟看见满天星斗
那就坐下吧，一边数星星，一边等天亮

在罗曼，我想起那座童话里的城堡
带着小天使一起举行婚礼的新人
他们一定跑过爱情的马拉松
但更令我动容的，是那对长者
满头白发难掩老男人的英武帅气
而他的眼睛里，只有轮椅上苍老的爱人

睡莲、向日葵和蓝色鸢尾
几只灰鹅或无名鸟儿的歌唱
在她舅舅的书房，我看到她的洛神赋

这位才华横溢的年轻画家

我依稀记得童年的她

学画回家路上的腼腆模样

月下

夜色辽阔
比夜色更辽阔的
是沉默

树叶将月光摇碎
银子撒落一地
我不是贪财的人

太阳的光芒太过耀眼
唯有这月光
如水，如霜，如你

白露辞

拿什么来匹配这美好的名字
晨晖中刚刚醒来的炊烟
夕阳下略显疲惫的稻田
岸边芦苇丛生，她若隐若现

还有落日之后的繁星
星光照着草木的影子
大地泛起微凉
微凉里，谁在轻轻一叹

鸽子

一座寺庙孤零零长在旷野
乌云迫切，即将遮蔽太阳的瞬间
一万道金光照射下来
惊动了广场上的鸽群
它们一哄而起
如千百支箭扑向天空

野山

很长一段时间

我能想象的奢侈

不会超过在山野

被一场大雨淋湿

而此时，我正穿越那片丛林

拾级而上，那些身份不明的台阶

并不构成古道热肠的故事

在确认枯叶和苔藓并无恶意之前

我不会轻易踏上

而松树和竹子却能友好相处

作为森林的一部分

荆棘不留情面地挡住去路

鸟鸣和花香也毫不吝惜它们的骄傲

真正致命的是云雾
它把悬崖伪装成坦途
我必须分辨这之间的真伪
包括分辨自己的判断

那些深色的蓝

在时间的边缘
河流成为天空的一部分
一种蓝融入另一种更深的蓝

每个小脚女人，都走过零零碎碎的日子
祖母挽着篮子去河埠头
她用捣衣杵，把流水敲成一寸寸

年轻时别在斜襟蓝布衫上的栀子花
像一朵小小的白云。 后来她老了
那朵云，就永远长在了她头上

我深信灵魂的颜色一定是深蓝
直到现在，只要闭上眼睛
还会看见祖母的那件蓝布衫

从埠头到老屋，她踩着小碎步
摇摇晃晃。 那条小路
她走了一辈子，还没走完

另一种蓝

雪山的眼泪

凝固成琥珀

我看见天空低垂

白云落在湖面

牦牛群如黑色的风

从湖畔掠过

是谁折来树枝

又是谁，缠上哈达

不要问飞舞的经幡

在风中说了什么

也不必知道，是达瓦还是卓玛

在湖畔堆起朵帮

她站在那束阳光下

红纱巾如摇曳的格桑花

天空和雪山

蓝宝石般的纳木错

映照在她的眼眸，那是我

从未见过的，另一种蓝

钥匙转动

只有贴得够近

才能听见那声音

想象她匆匆解下围裙

用手捋一捋头发

脸上露出，久违的欣喜

这些年来她一个人

打理这个家。 院子里的银杏

绿了又黄，那年春天扦插下的

爬墙虎，已经让整个房子

长满了绿荫

转动的声音停了下来

她知道他在做深呼吸

男人的愧疚，总是默不作声

她明白有一种漂泊，叫责任

最后一圈了，他们都在等

吧嗒——

那期待已久的、清脆的声音

霜降

在山中，一个人数着台阶
仿佛数着所剩无几的秋日

一条蛇在路上，它抬头对视
欲言又止，之后转身潜入草丛

它将蜕下最后的皮
但不会让人看到它的痛

霜降无霜
他知道霜已落在别处

就像远方已是大雪封山
而脚下这山，迟早也会那样

故乡的意义

秋收之后
稻草人还站在田里许久
它和土地一起撂了荒
先是霜降，身子变得异常柔软
再是秋雨、艳阳
大寒的时候，它已经倒下
被厚厚的积雪覆盖
就像那块稻田的主人
他的新坟上，已长出点点青草
村口的樟树早已消失，落叶无根可寻
还有没有一抔黄土，可以将我轻轻覆盖

掩埋

又一次，杏叶扑向大地
它们的坠落有好看的姿势

有一种使命让奔赴变得悲壮
被风雨侵蚀的身体
将再一次被时间掩埋

古寺无言
只有枝头的红丝带在风中飘飞
将人间的悲欢高高举起

也许你知道

松针、野菊花、树和山的阴影
紧挨着水库的坟场
在这之前，我从来不敢
打这边经过
直到那一年，你葬于此
我的害怕自此消失

每一次上香，手指都会被香灰
咬上一口，我知道
那是你表达喜欢的方式
有时候看见草丛中
一条盘着的蛇，也不紧张
它丝毫没有令人害怕的样子

一个人来时，会静静地坐一会儿

恍惚中自己被分开

看不见的一半，和看不见的你

挨在一起，轻轻地说话

眼看着太阳就要落下山

头顶的天，还那么蓝

自在

已经很久不敢奢望这两个字了
在梅林，它就大大方方地写在门口

并没有见到一棵梅树
但每一幢房子都写着它的名字

一定有梅，在你尚未抵达之处
以某种气息，或你想象的任何样子

峰峦把天空合围成井口
白云仍具无可辩驳的自由

至少今天，有茶，有酒，有
可以掏心掏肺说话的朋友

抓阄

他预设了结局
仍在宿命和选择之间迟疑不决
他的犹豫是在等待某种旨意
来自神秘力量或自己内心

每个纸团看上去都一样
但又不尽相同。 褶皱渐渐膨胀
就像紧握的拳头慢慢松开
他盯着纸团，仿佛谜底会突然跳出来

他终于抓住其中一个纸团
却迟迟不敢打开
怕开早了，好运还没赶到
开晚了，好运已经跟别人跑了

秋

那么多蝴蝶聚集在栾树枝头
直到最后一片叶子离开

雨水没能抬高江河
但使万物变得柔软

依然有庄稼坚守在地里
它们并不能阻止田野的荒芜

摘果子的人犹豫了一下
把最后的柿子留在了树上

寒意渐浓，一些温暖的东西
仍在温暖着这凉薄的世界

镜头

当她站在水边时

我突然意识到已经忽略了许多

我忽略了那些树叶

直到它们像火一样燃烧

如灰烬随风而逝

忽略了江水慢慢变小、变缓、变冷

如迟暮之人

忽略了她又多了不少皱纹

添了许多白发

我执意让她背对镜头

这样她就可以看见

绚丽的晚霞和流金的水面

而她的背影，看上去依然年轻

老街钟表匠

如果你在时间里迷失
我可以为你矫正
老街走走停停
而我，是那根永不停止的针

我珍惜过往，闹钟和哨子
让村民共同拥有了劳作的时光
他们分享黎明或黄昏
土地、庄稼和善良

我喜欢现在的样子
每个人都是时间本身
而钟表被赋予
时间以外的意义

领悟

开始喜欢一个人，静静地
听时间流逝的声音
目光所及，万物变得柔软而美好

开始怜爱生命
见不得它们挨饿、受苦、被伤害
闭上眼睛，心，还会隐隐作痛

开始承认并接受衰老
甚至偶尔想到死亡这个词时
也不再觉得遥远和恐惧

开始为一段感情释怀
明白了相见不如怀念的真谛
也不再纠结，有没有纯粹的友谊和爱情

黄冰糖

每一块黄冰糖都有它的前世今生
仿佛琥珀里的虫儿
我童年的甘蔗林辽阔而茂盛
它不止一次地替我保守了秘密

每年暮秋，我都会见证
甘蔗从生到死，再重生的过程
榨汁机贪婪地绞咬吞噬
那声音干涩而刺耳，在某一刻
我仿佛听到了甘蔗的悲伤
不过它很快就消解于糖膏的芳香中

这些年来，我一直以为红糖是甘蔗的最后归宿
直到看到这金色的冰糖
就像无数匍匐在土地上的人

他们从不曾想过，其实
生活可以是另一种模样

走在秋天的边缘

白鹭在河边一动不动
仿佛一起身，就是永别
而落叶纷飞，只有最后的柿子
还坚守着秋天

万物都在修剪自己
为冬天腾出地方
天空空旷得只剩下蓝色
不可思议的蓝

风起时，我需要一件宽大的风衣
可以把两个人遮盖
让我和爱的人，一起老去

雪

多么美好的名字，单纯、安静
有一点高冷，或小鸟依人

小草还那么绿，杏叶已经发黄
风吹芦花，如细雪飘下

霜降过去了，霜还没有降
此时天空阴沉，欲雪的样子

不由得想起那句诗，没有小火炉
可酒已经喝了，不止一杯

又想起那时的日子，阳光很短
时间很慢，炉火不紧不慢地燃

好几年没下雪了，可每到这时节
依然盼着，壶里的酒、雪中的她

第四辑

在南方想象一场大雪

立冬

这一年所剩无几
我们从夏天开始等待一场雨
看来还是遥遥无期

在山中，竹林成片死去
而江河湖塘，水
终于交出隐藏多年的真相

秋收无论如何都是丰硕的
这让冬藏有了足够的理由
是时候了，储备粮食、衣物，以及体能

那个叫拉尼娜的小姑娘，很可能
制造一场旷日持久的白色事件。 不用担心
对于冷，我们早已练就强大的神经

在村上（二）

人间总有安放梦想的地方
在俗世的目光之外，在大山里的村上

喜欢一个人，并被一个人喜欢
像酒之于故事，诗之于远方

故乡因离开而存在，因归来
而有了生生不息的力量

四季都有各自的好，但我偏爱冬天
偏爱大山里的村庄，那也是雪偏爱的地方

喜欢看孩子们在雪地上笨拙地奔跑
世界在他们脚下摇摇晃晃

而短墙、柴门和竹篱也安静地看着
它们和积雪达成了最好的默契

立冬辞

尘埃落在荒芜的日子里
叶子焦黄卷曲，它们的飘落
少了些凄艳之美

夜变得越来越长
有更多的酒和话题可以消磨
和很铁的兄弟在一起
心里还是会想着另外的人

似乎听到布谷的叫声
这让我想念起某一片田野
庄稼应该都收了吧
接下去又要种些什么呢

我决定去一趟乡村

寻找麦子的去向

虽然对于南方，下雪是可望而不可即的事

但若运气足够好

还是可以遇见她

冬旱

在南方，一场迟到半年的雨
据说还在路上。 阳光变得有些狰狞

那烟波浩渺的水面，让他
想起虚幻的爱情。 海，真的会干枯吗

世上总有不可轻易示人之物
而江河无奈交出河床，那些深藏的羞愧

只有这泓水做最后的坚守
像蓝宝石，像她眼里最后的泪

冷色调

与一种灿烂相对
草地覆盖花丛
炫目的天空终被星子占领
清冷洒落一地

向一个季节妥协
交出成熟的果实和落叶
云层抵近荒野
流水和炊烟变得笨拙

偏爱这样的色彩
如时间缓缓流动
如思想深邃辽阔
如你的眼眸，秋水般清澈

时间的声音

那棵树上长满熟透的柚子
像是被忽略的秋天
一部分落在地上
发出沉闷的声响
还有一部分悬挂在虚空
等待被冬天吞噬

一只鸟儿从树上飞起
它凄厉的叫声划破天空
寂静是落雪的声音
时间结成冰凌
又化成一滴滴水，从屋檐流下
在苍白的大地上，划出一道道伤口

等待一场大雪

许多年来，我经常想象那样一种场景
下雪的日子，约上她
去大山深处
那里有一间黄土屋
朋友们已经生好了炭火，所有的菜
都用陶罐慢慢煨起来
满屋子升腾着，冬天的味道

酒是必不可少的，必须用壶装
必须冒着热气，甚至还有些烫嘴
我们坐下来的时候，黄昏也坐了下来
雪花像灰色的蝗虫，四处乱窜
落在屋顶、地上以及远处
成为苍茫

秋风吹过的时候

我就想起下雪的事

也许，山里的朋友

已经在准备越冬的柴火、腊肉以及菜蔬

我想，这个冬天如果下雪

一定要带上她

去山里

我们

黄昏跌落的时候
我们没有点灯，灶火的影子在你脸上晃动
杜鹃花摇曳在风中
你说倒一杯酒吧
向这个风和日丽的冬天致意
就像我们下山的时候
山林、晚风和雉鸟都以它们的方式
和我们道别

两只杯子触碰的那一刻
我的心发出冰裂的声音
这些日子，我们用汗水和一些落寞下酒
那种感觉，真是五味杂陈

入冬已经有些日子了

霜冻和下雪是必然的事

毕竟在高山，我们能看到更多更美的花

并拥有清凉的盛夏，也必须承受

更加凛冽的冬寒

其实冰霜上落雪，雪又落在雪上

是一种非常美妙的感觉

只是陡峭的山路，会把我们困在冰雪之中

也许这样的厮守和相互取暖

更像是爱情的模样

生死之间

它在灶膛里燃烧
可能是一株少年毛榉
或带花的檵木。 我羡慕它
在山野恣意生长的自由
悲怀于它的厄运，一如自己
挣扎、翻滚，发出痛苦的叫声
通红的脊背顽强地挺起，然后
慢慢弯曲，直至突然折断、倒地
像牺牲者最后的造型
在新火到来之前，它依然保持
虚构的生命，躯体已成灰烬
死了的心，尚存最后余温

冬日

阳光穿墙而入，还有炊烟
日子有闪亮的光泽，有时也很呛人
黄土房，岁月的底色
有大山的荒蛮和粗粝
还有木头、竹子和棕麻，构成生活的意义
当然她和他，是意义中的意义

他们坐在那缕阳光里
金色的毛线，牵着明天和过往
中国式的故事，记忆里火熄的温度
小灰执意要成为故事的一部分
作为小狗它的确很丑
但是它有足够的自由

每一处荒凉都不可忽略

坍塌的老屋沦陷了时光

沦陷的还有老树和小桥、流水和乌鸦

等待夕阳，她倚墙而立

纳鞋的锥子出了神，扎在手上

我唯一拥有的,是比大地更低的虔诚

河谷平缓，托起雪山的锋芒
草色和花开都那么节制
像我们被一再叮嘱：在高原
所有自以为是的张扬都是自讨苦吃

而冰雹和大雪依然毫无顾忌
只有阳光能够阻止它们
炽烈与冰冷都猝不及防
还有无所不在的神圣

巍峨与庄严归于庙宇
神秘与清澈归于湖泊
福佑归于经幡
安详归于牛羊
我唯一拥有的，是比大地更低的虔诚

大雪

起风了，雪开始飘落
漫天都是白花儿
却摘不下一朵

一朵雪花落在地上
雪消失了
亿万朵雪花落在地上
地消失了

这世界如此纯洁
雪中的我
成为唯一的瑕疵

冬至

透过阳光，我看到冰冷的阴影
如同内心的惶恐飘忽不定

那些轻松的词语并未消除对于未知的忧虑
它曾被另一种危险的文字描述

那时你憧憬挥鞭牧羊的惬意
而当羊群如洪流决堤，却唯恐避之不及

一如我曾经拼死想冲破牢笼
如今栅栏全无，却甘愿待在原地不动

黑夜再一次霸占了白昼的地盘
而白昼正悄然开始一场收复失地的反击

寂静

整个夜晚，他听见落雪的声音
先是落在不同的地方
之后所有的雪，都落在雪上
并发出一种，叫作寂静的声音

雪说

当你说出那个洁白而冰凉的名字
心里不禁颤抖了一下

你知道它的美，虚幻而短暂
但依然痴心不改

仿佛迷恋传说中的爱，你曾经久久等待
它未曾来过，就已离开

是时候了，酣畅淋漓地盛放一次
就算瞬间消失

那些掌心握不住的
都将在大地留下痕迹

雪一直下

雪一直下着
遮蔽了中年后的天空

时间的相对性使我可以轻易抵达过往
那些朴实、温柔、洁白如雪的日子

我看见瘦弱的事物变得丰满
雪将人间可爱的一面呈现出来

那只乌鸦的缺点愈发明显
而雪鸮，已经无法找到自己

冰冻使时间在河面凝固
又因我们的滑行而突然加速

许多年来，我一直无法把握滑行的向度
就像面对那些不确定的时间

西湖边的小雪人

它那么小，超出了通常对雪人的定义
这雪夜空无一人
谁把它带来世上，又让它如此孤单

湖面上几点灯火，该是湖心亭吧
明天我准备早起，张岱写过的雪
我不敢写，我就带着小雪人去看看

如果雪继续下，它将被更多的雪掩埋
一想到这些，我的心里就下起了雪
那么多慌乱、不安、冰凉的忧伤

徐悲鸿的马

一匹黑马困在搪瓷脸盆中
我把水倒进去，它站了起来
朝我轻轻点了点头
长长的鬃毛拂过我的脸颊
它环顾低矮的柴房
一头瘦猪躺在污浊不堪的猪栏里
打着呼噜。 它从断墙向外张望
没有草原，甚至没有一块平地
我把水朝门外泼了出去
我听到一声尖锐的嘶鸣
那匹马突然一跃而起，冲进黄昏
只剩下薄薄的影子，贴在盆底

在这里

我们已经说了很多
现在可以听听流水
它们从远山，带来什么

一场雪融化之前，又一场雪赶来
那座最高的山峰，总是戴着白帽子
清瘦而冷峻
像某个寡言的诗人

暮色慢慢落下
一些事物模糊了边界
而流水的声音更加明亮
替我们说出，冰冷的词语

饮下这颤抖

这明媚阳光里彻骨的风
这水洗的天，澄澈的奉献
还有远处峰峦逶迤，白雪皑皑

难以置信，雪和霜是如何在一夜间
将山中草木抹个遍
所有的颤抖都已凝固，不可触碰

海拔一千零九十六米，五个小时
他终于将自己变成一尊冰雕
北山以北，那座黄土屋升起炊烟

炉火使整个屋子燃烧起来
不知道嗞嗞作响的是水，还是酒
他哆哆嗦嗦端起桌上的大碗，一饮而尽

漠河的雪

没有一场火是雪浇灭的
雪只覆盖灰烬，死亡的痕迹
让它们看上去纯洁而宁静

然后等待，即便阳光灿烂
雪也不会离开。 它们相信
一定有一场新雪覆盖它们
就像它们曾经覆盖那些灰烬

直到春天姗姗来迟
森林里长出花朵
它们在风中摇曳着
那么轻，像无处安放的灵魂

而雪已不知所终，灰烬也是

我是无法知道真相了
漠河太远，比我的想象
还要远

有雪入怀

中年以后
才知道衰老是突如其来的
就像你的黑发
转眼就白了许多

这么多年来
我一直想象不出你苍老的样子
就像无法想象
在南方下一场鹅毛大雪

我常常梦见
走在漫天的飞雪中
但我绝不会对你说出
那看似十分美好的梦境

永远记得

年幼时姥姥说的话

假如你梦见雪落在身上

那就意味着，姥姥要走了

而此刻我和你站在雪中

看这满世界的洁白

像孩子一样扑进怀里

而我们，也瞬间回到了少年

母亲在衰老

她开始没缘由地突然沉默
开始担心什么，没缘由地
开始喜欢说一些
关于死亡的话题
开始喃喃自语，开始忘记
开始不知咸淡，再也不阻拦
我们下厨，而是安静地坐着
等着我们请她上桌
开始频繁地念叨，走了多年的父亲
开始经常说某某人
孙子结婚了，某人的孙子
生了个大胖儿子
开始糊涂，开始嗜睡
开始爱生气，毫无缘由地
而这一切，我们也开始
慢慢接受和适应

雪村

山峦有笔走龙蛇之势
村庄戴上厚厚的帽子
万物欲隐身
世界干净成一个童话

屋檐下一定有玉米棒和辣椒串
或许，还有几刀腊肉
几个裹得像粽子一样的小孩
在雪地里打滚

炭火、黄酒和炊烟
把时间煮了一遍又一遍
他们有些迷糊，也难免粗俗
却拥有无拘无束的灵魂

寂静之声

没有比暗夜更肥沃的土地
更适合梦境的生长了

那个沉睡的人
背着吉他，拨动了琴弦

多么动人的声音
比黑暗还磁性，比寂静更寂静

在群山之巅，一场黑色的雪崩
如凛冽的冰川，奔向荒原

那汹涌的寂静之声
又一次淹没了我

旷野

如果风一直吹
哪里才是它的终点

一条河流可以消失在大海
或另一条更大的河流

如果在雪地上不停行走
会看见雪与非雪的界限吗

就像从黄昏走进黑夜
从黑夜走向黎明

所有辽阔的事物，都可以用身体丈量
如果不能，就用思想

忽略

黄昏开始下雪

先是雪子，然后是小雪花

密密麻麻，如亿万只蚊虫

所有的雪落地后，都不见了踪影

掌灯，他生起火炉

木屋将金黄的光亮围裹

他和屋里的一切

突然就甩开了夜色

松灯、酒碗、迷离的眼光

没有人知道炉火是什么时候熄的

没有人知道雪还在不在下

没有人知道这世上，还有一个他

常山索面

江南的冬夜
间杂着沉闷飘忽的声音
少年对幽暗的恐惧
终于没能敌过好奇
那一夜被悄然拉长的
是祖传的营生

蓬松的面粉因水成团
如初生的婴儿，圆润粉嫩
似女人的胴体，柔软丰腴
案板、木架和竹筷
见证了一个古老的传奇

祖父的手被施予魔力
把弄着时光的织梭

弹拨着岁月的竖琴

千万根银丝如瀑布倾洒

阳光下的水面波光粼粼

那一天少年知道了许多

为什么他家的厨房又叫磨坊

为什么他家的面条如丝如银

父亲的祖父也是面师

磨坊是他一辈子的宿命

老牛的步履总是那么沉重

碾麦的石磨永远转个不停

夕阳下了,天昏暗了

太祖母点亮木柱上的油灯

她看见木柜里的小麦又满了一层

墙上挂竹筒的麻绳有一些沉

桌上的蒲席安安静静

墙上的油灯忽暗忽明

青灰色的铜钿倾泻而出

太祖父的皱纹舒展开来

父亲的眼睛睁得像两个铜铃

麦子　索面　铜钿

铜钿　麦子　索面

日子就这样轮回不息

乡村的一切都变了模样

唯有那索面的手艺

不曾改变半分

除夕

过往的日子
是一串定语，把今天修饰
还有一些状语
用来表达色彩、情绪
或遭遇

若干年后，那些词语丢失
就像时间，可以感知
不可描述

你，是我的定语和状语
用以定义我的存在，以及
存在的意义

年

只有雨雪才能延缓归来的脚步
山路泥泞，让时间显得凝重
炊烟不再按部就班
它们随时会懒懒地升起，飘散于林间山野
与雾岚交换彼此的呼吸

色彩是年的另一种展开
黄玉米、红辣椒，和青色的粽子
仿佛秋天还在屋檐下盘桓
而雪，正铺开洁白的餐布
准备一场全民的盛宴

只待一声号令，那些争先恐后的爆竹
它们在城市被禁言了很久
今天终于可以在乡村，放声高唱

后记 / 我所拥有的

　　我一直认为，二十世纪六十年代出生的一代人，是时代变迁中的幸运儿。 这代人经历了中国社会从计划经济到社会主义市场经济的重大转型，他们的人生轨迹几乎与国家的发展历程同步，拥有那个时代独有的机遇和挑战。

　　作为"六〇后"，我出生于浙江西部的一个乡村，并在那里度过了从幼年到少年的时光。 那时的农村几乎仍然沿袭中国千百年来农耕社会的生产方式和生活方式。 我高中毕业时，已恢复高考，再不用凭家庭出身推荐升学，而可以通过读书改变命运。 跳出"农门"的我有幸到了县城工作，有机会接触到写诗的人们。 二十世纪八十年代的中国，几乎每一个有知识文化的年轻人都怀揣一个诗歌梦，北岛、舒婷、顾城等诗人成为一代人的偶像。 在那种环境熏陶下，我也成了一名"小城诗人"，虽然现在回头去看，那时写的诗歌要多幼稚有多幼稚，但诗歌的种子已深深地扎进了心田，诗歌成为我生活中不可或缺的东西。

二十世纪九十年代初，我被选调到县委机关工作。我知道一旦进入县委大院，虽然将从事和文字打交道的工作，但却要远离诗歌。一番纠结后，我在心里和诗歌拥抱告别，并与其悄悄约定，最迟到退休时，我还将和诗歌再度双向奔赴。一别二十多年，直到我转岗到广播电视台工作，天天与新闻和文艺打交道，与诗歌的距离自然也拉近了，但真正重拾诗歌，还是有些偶然。当时市里正大力挖掘凡人善举，弘扬"最美"精神，市广电总台承担了选树、宣传"最美人物"及承办年度颁奖晚会的任务。为了烘托主题，需要创作一首现代诗在晚会上朗诵，我们请了几位本地文学界和新闻界的笔杆子分别创作。也许因为他们对创作意图了解不够，最后拿出来的诗歌，我总觉得缺了点什么。晚会将临，时间紧迫，我不得不选了其中一首相对切合主题的诗作，并与原作者一起修改，最后是我自己动手大刀阔斧地改写的。出乎预料的是，那首主题诗歌在晚会上推出后赢得众多好评，这让离开诗歌多年的我又有些蠢蠢欲动起来，埋藏已久的诗歌种子又开始萌发了。

几年后我再次转岗，工作节奏比以前慢了，工作压力也相对轻了一些，我和本地诗歌爱好者的交往也多了起来。彼时衢州的文学氛围渐浓，我和几个写诗的朋友经常去参加腊八诗会等诗歌活动。二○一七年秋天，一次参加完诗会，意犹未尽的我们到一家小店里吃饭小酌，席间有人提了一句"不如我们写节气同题诗吧"，笑语成真，我和小荒、半夜闲、养安子、阿剑五个人当即拉了一个微信小群，每逢节气必作同题诗文，对外则号称"五人诗"。

自写节气同题诗起，大有一发而不可收之势，我把这一活动作为克服惰性、倒逼自己动笔写诗的契机，逢节气必写，一直坚持到现在。也许在一些人的眼里，当下还执着于写诗的人似乎有些不合时宜。正如阿剑在《五人诗小传》里所言："五人者，大都半路出家，都有本职，安身立命，道义所在。偶尔写诗，也是心底一点不灭的微暗之火。五人不去炒股炒房、钻营谋利，却纠结于文字的分行与押韵，关心着节气与草木，沉吟着人性与情怀，多少有点像挥舞着长矛冲向风车的堂吉诃德，像追日的夸父和填海的精卫，执着于世人无所谓处，难免显得傻气。"

节气与物候农事密切相关，节气诗勾起了我乡村生活的记忆。奥地利精神分析学家、个体心理学的奠基人阿尔弗雷德·阿德勒曾这样揭示童年对人生的深远影响："幸运的人，一生都被童年治愈；不幸的人，一生都在治愈童年。"那过去的，将变得美好。只要一拿起笔写诗，我就会不由自主地想起故乡的山山水水、一草一木，那些年、那些人、那些事，它们曾带给我清贫与艰辛，但更多的是温暖与感动。故乡给我的最大的财富是质朴与真诚，它们构成我生命的底色。如今的农村已是改天换地，日新月异，但最能打动我的，依然是那土地般真诚、质朴的人心和乡情。虽然我在城市生活的时间已经远远超过待在乡村的时光，但我觉得自己本质上还是属于乡村、属于土地的，即便是写城市，也偏爱写老屋小巷、市井烟火。这也许有些"迂"，但我更相信是初心使然。

这些年，在写诗的过程中，我接触了不少国内外著名诗人的作品，也结识了许多非著名民间诗人。他们的学识和智慧，他们对诗歌的理解与执着，他们高超的写作技巧和高质量的诗作，都令我十分敬佩，心生羡慕。我也曾尝试不同的写作风格，尝试运用写作技巧使写出的诗歌更"现代"、更"高级"一些，然而这些尝试大多难以见效，有时甚至会弄巧成拙。我越来越明白，生活和诗歌给予我很多，但我真正拥有的，或者说我能够回馈生活和诗歌的却十分有限，少到甚至只有一两个字："虔诚"或者"真"。十多年前我第一次去西藏，被雪域高原的雄伟、庄严和圣洁所震撼，写下了这样的诗句（《我唯一拥有的，是比大地更低的虔诚》）：

河谷平缓,托起雪山的锋芒
草色和花开都那么节制
像我们被一再叮嘱：在高原
所有自以为是的张扬都是自讨苦吃

而冰雹和大雪依然毫无顾忌
只有阳光能够阻止它们
炽烈与冰冷都猝不及防
还有无所不在的神圣

巍峨与庄严归于庙宇
神秘与清澈归于湖泊
福佑归于经幡
安详归于牛羊
我唯一拥有的,是比大地更低的虔诚

可以说，这几乎就是我的诗观，在某种意义上也是我的人生态度。

在朋友们的鼓励下，我的第一本诗集即将正式出版。在整理近些年所写的诗作时，我发现有一条主线始终贯穿其中，那就是乡情，而占最大比重的节气诗，恰恰能够把我深爱的脚下这块土地的四季景致、风物人情呈现出来，把她的过去、现在和未来串联起来，也能在相当程度上表达我的情感历程和人生感悟。我努力想使这本诗集成为自然的记录、土地的颂词、生命的礼赞。

感谢诗歌，让我孤独时有所依托，失意时有所支撑，顺意时有所警惕。因为诗歌，我有幸遇到许多诗人朋友，并从他们身上学到很多，他们也给予我很多鼓励、支持和温暖。著名诗人、中国先锋诗歌代表诗人梁晓明先生给我的诗集作序；著名诗人、作家、鲁迅文学奖得主沈苇先生给予我热情鼓励；素昧平生的著名诗人、学者、作家柯平先生在二〇二三年浙江诗歌创作述评中关注我的诗歌，给我很大的鼓励；著名诗人、评论家宫白云女士前些年就关注我的诗歌，给予点评鼓励，并将我的诗歌作品收入她的诗歌评论专著《读诗简史》中。在诗集筹备出版过程中，得到了许多诗人、朋友的指导、支持和帮助，在此一并致谢。

章建平

二〇二五年一月于衢州